숨쉬는 닥나무

푸른시선 2

이 형 자 시집

숨쉬는 닥나무

푸른사상

콩나물을 키울 때마다 언제나 '나'를 생각해 봅니다.

> 콩을 담금질 한다
> 튼실한 콩을 골라
> 하루쯤 물에 담가 불리고
> 남겨논 마른 좀콩을
> 질시루 밑에 깔고
> 불린 콩을 위에 얹어
> 음지쪽 귀퉁이에 앙군다
> 수시로 물을 주면
> 얼마 후 촉이 트고
> 싹이 자라
> 하얗게 속살을 드러낸다
> 그렇게 자란 콩나물
> 양념으로 옷을 입히면
> 상큼한 맛으로
> 다시 태어나는
> 그 콩나물을 보면서
> 나는 나를 끝없이 담근질해 본다

라고 「콩나물」을 쓴 것은 내가 자신에게 하는 다짐의 선언
인가도 모릅니다. 마른 세상 귀퉁이에 자리하고 있던 좀콩
하나가 이제 새롭게 탄생하려고 합니다. 쉬지 않고 물을 주
어야 하리라 생각합니다. 독자 여러분의 성원을 기대합니
다.

　　오랫동안 변함없이 지켜봐 주신 박명용 교수님과 말없이
눈빛으로 시상을 일깨워 준 가족들에게 고마움을 전하면서
푸른사상 한봉숙 사장님께도 고마운 뜻을 표합니다.

　　　　　　　　　　　　　　　　2001년　정월에

　　　　　　　　　　　　　　이　형　자

차례

1 숨쉬는 닥나무

복사꽃

꿈을 꾸는
꽃무더기

기다림이다가
그리움이다가
시간이다가
눈물이다가
바람이다가
불꽃이다가

끝내
비에 젖는
연분홍 사연

거울

거울 속에 비친
내 모습이
언니였다가
동생이었다가
아련한 기억 속에서
밤새워 읽던 한편의 시
한편의 소설
흐려졌다가
되살아났다가
아무래도 좋다
생활에 묻혀
거울 밖에 있던
얼굴, 얼굴들
언뜻 언뜻
주름진 초상 위에
겹쳐 나타난다는 것만으로도
내가 나를 확인하는
거울이어서 좋다

숨쉬는 닥나무

— 한지韓紙

가마솥에 삶겨
옷 벗어 내어준다
양잿물에 몸 절이고
짓이김을 당해
말갛게 딱지 털고
물 속에서 흔들리다가
쌍발 위에 가지런히 누웠다
뜨거운 철판 위에서
하얗게 몸 말린 너는
죽은 것이 아니라
살아있는
선조의 지조다

이상기온

십사층 창문
비바람에
덜컹거리는데
자정이 훨씬 넘어서야
들어온 그 사람의 숨소리
귀에 담으면서
멀리서 들려오는 기적소리를
원고지에 옮기기
수 십 차례
결국은 끙끙 앓다가
창이 밝은 뒤에야
'이상기온' 때문이라고 쓰는
나는 누구인가
옆에서 들려 오는
숨소리가 유난히 다정했다

새벽

그 사람
첫 새벽에
해맞이 행사 나간 후
얼마 지나지 않아
여섯시를 알리는
자명종 소리
유난히 맑게 들리고
동녘을 환하게 밝혀오는
저 보드라운 빛
꿈틀거리는 소리로
태어나고 있었다

산다는 것은

청소를 한다

초록색 바지 입은 아이
집안 일을 거들면
파르스름한 먼지
실날처럼 떨어지고

빨간색 바지 입은 아이
성큼성큼 들어서면
분홍색 먼지가
방안을 부비는데

색바란 옷
입고 사는
내 몸에서는
무슨 색깔의 먼지가
얼마나 떨어질까

나는 날마다
나를 털어본다

갈치

어제 사온 갈치
배속에서
제 새끼인지 남의 새끼인지
알 수 없는 새끼가
여러 마리 나왔다

갈치 제 꼬리 베어먹는다?

칼날보다 더 예리한
이빨이
세상처럼 두렵다

색깔

늙은 호박 꼬지
파먹고 자란 벌레
색깔이 노랗고
흰쌀겨 먹고 자란 벌레
몸이 하얀데
밥 먹고사는
인간의 마음은
무슨 색깔인가

잡풀의 노래

사람이 짓밟아도
경운기가 지나가도
다시 일어서는 것이
어찌
질갱이 뿐이랴

멀리 뽑아 던져도
땅의 넓이와는 관계없이
백치의 끈기 하나로
소리없이 돋아 사는 쇠비듬

나물 캐는 여인의
손놀림 속에
한 가닥 남아
실낱같은 몸
악착같이 다시 뻗는
벌금자리

쟁기질로 갈아엎어
흙 틈새

연노랗게 죽었다가
비 내리자 밭고랑에
천연덕스럽게
되돋아 나는 독사풀

소금

오뉘월 뙤약볕에
말린 흔적이여
시간의 무게여

다시
몸 녹아 풀린다 해도
갈아 뭉개져
작은 입자로 쪼개져도
온갖 것 절여
영원으로 통하는
간기*

그 속에
가끔은
절이고 헹구어
단단한 마음
맛보고 싶다

* 짠맛의 농도를 일컫는 말

꽃 봉오리

자목련 가지 위에
오똑 앉은 꽃 봉오리

결 고운 햇살 받아
웃음이 일고

내 눈빛에
고개를 끄덕이는
꽃 송어리

딸아이의
연두빛 하루

대기실

닫힌 나를
내려놓을 장소를 찾는다
두리번거린다
샹들리에 휘황한
불빛이면 어떻고
낙엽 지는 공원 벤취면 어떻고
웅성이는 역
대합실이면 어떤가
잠시라도 생각할 수 있고
누구라도 편안히 만나
정다운 말 한마디
나눌 수 있는 공간이 그립다
오늘도 나는
대기실을 서성인다

관계

날마다
남에게 받기만 하는
사람은 행복하다
언제나
주기만 하는
사람은 불행하다
낮과 밤이
뒤바뀌어 가는 세상에
이런 관계는
무엇인가

제자리 걸음

세상살이
이등은
소용없다는데

이등
또 이등
계속 이등
만년 이등

무엇하나 똑 부러지게
잘 하지 못하면서
부딪치는 지천명
실망 때문인가
오기 때문인가

휘청거리는 마음
내 몸을 차압하고

오늘의 운세

"포기하기엔 이르다.
다시 한번 도전하라."
활자가 유난히
검고 크게 보인다

시간에 대하여

시간이 흐른다

시간을 본 사람 있나요
만져 본 사람 있나요

이름만 남고
냄새도 없으면서
색깔도 없는 것이
형체도 없는 것이
계절을 떠밀고
또는 데불고 살면서
오르막길과 내리막길
가두었다 풀었다
내 몸을 흔들어
정신을 빼놓는다

떨어지지 않는 시간이
오늘도 내 몸을
바짝 치켜든다

② 그런 날도 있었지

꽃

— 달리아

수침교 부근
꿈에서 본 듯한 토담 밑에
정열을 토하는 몸짓

화사한 날개옷
빠알간 치마 자락
가볍게 몸을 풀고

어제를 돌아 온
햇살을 모아
붉은 마음속에
꿈을 담고 있다

멍하니 바라보는
달리아의 눈빛

그런 날도 있었지

대학병원
약국 전광판 앞에 앉아
삼십년 세월을 셈해 본다

맞은편에서
아이스크림 빨아먹는
분홍 원피스 아이의 얼굴
유난히 즐거운데

"엄마, 아이스크림 ……"

둘째 딸의 생떼를
싹뚝 잘라버렸던 그날들이
어제처럼 떠오른다

……………

교차되는 시간 앞에서
눈앞이 점점 흐려진다

회복실에서

너는
내 가슴을 뚫었다

아프지 않았다

네가 보인 혈액
내 가슴으로 흘러드는
어지러운 회복실
가느다란 호수에 연결된
너와 나의 대화
희미한 신음소리

머리맡에 놓인 호흡기를
내 가슴에 옮겨 놓아
네 음성을 듣는 지금
나는 내가 아니다

실타래 · 1

바지가 어쩌다
찢어졌다

무릎 속살이
허옇게 삐져 나와
자세히 살폈더니
그것은 속살이 아니고
내 유년이었다

가녀린 떨림
뭉게구름 피어오르듯
떠오르는 얼굴들

멀리 개구리 울음소리 들리고
희미한 백열등 불빛아래
밤늦도록
모여 앉아
뻥 뚫린 양말
헤어진 내복

푸새한 분당목 이불자락
짜투리 조각까지
손끝에 아리게
묻어나는 추억

한 동안
찢어진 바지에서
눈을 떼지 못했다

실타래 · 2

오늘은
실타래를 찾아
나이를 꿰고 있다

초가을 늦 저녁
쪽진 어머니
손 끝에서 감긴
수많은 사연의
실타래가
아련히 풀리는
어제 같은 그날
양지 바른 마루에 앉아
오색구슬 꿰던
손길

오늘은 내가
그 실타래로
폐백대추를
하나 하나 꿰고 있다

나이 탓

아이 볼래?
일할래? 하면
일한다는데

다섯달 된 외손자의
알 수 없는 투정을
등에 업고 나갔더니
십 이층 동갑내기
이웃 사촌이
빨간 셔츠 입은
새댁 나왔다며
"젊어서 좋겠슈"

흐르는 땀방울
연신 훔치며
아파트를 돌았더니
나이 많은 할머니
아이 보는 것이
땡볕에 김매기 보다

더 어렵다며
"외손자를 이뻐하느니
경상도 방아코를 이뻐하라"

아이볼래?
일할래? 물으면
나는 웃는다

넝쿨 장미

하얀 햇살
눈부신 오월
맑은 성찰로 떠오르는 뜨락

부드러운 바람
꽃잎 사이 숨어들어
타오르는 소박한 불길처럼
날개 드리운 넝쿨 장미
비상하고 싶은
파도가 된다

견딜 수 없는
서러움이
바람처럼 일지라도
결코 버리지 않는 온기 하나로
서로를 의지하는
넝쿨 장미

딸 아이 치마폭에 숨어
설레이는
진홍의 노래

98년 봄

딸아이 한숨소리에
땅이 꺼진다

두 달 남짓 된 아기
좁은 혈관에서
수없이 아픔을 뽑아내자
까무러치게 우는소리

외면하고 내다본
창밖엔 벌써 수액을 받은
짙은 봄날의 화사함
무거운 짐이 되어
눈을 흐린다

바람에 흔들리는
꽃송이
내 마음을 잡는다

무제無題

 어제는 밭이 산을 야금야금 파 들어가 더 큰 밭이 되었
다
 오늘은 산이 빈 동네로 내려와 칡넝쿨로 산을 위장했다

새순

작은 들풀
살금살금 깨금발질로
다가와 눈을 뜬다

겨우내
칼날 바람에
숨을 죽이고
언 땅에서
죽은 듯 머리 숙여
속으로 키운 심지

연초록 새순의
질서있는 뚝심

큰소리치는 이유

　우리 아이들 큰 고모부는 농촌에서 농사를 짓고 산다. 지위도 없고, 흔하디 흔한 무슨 위원 무슨 위원장, 붙여진 이름 하나 없으면서, 그래도 온 동네 떠나갈듯 항상 큰소리친다.

　사람은 보이지 않아도 목소리로, 시누이 남편의 위치는 금방 탄로 난다.

　어우렁 더우렁 살아가던 어느 날, 원인 모를 불이 나서 가재도구까지 눈깜짝할 새 다 태우자 동네사람들은, 아무게 살림 못하게 되었다고 이구동성 입방아를 늘어지게 찧었는데 그 이유는 나도 잘 모른다.

　시누이 남편은 육남매를 두었는데, 누가, 먼저 가릴 것 없이, 서로 달려와 아무일 없었든양 고대광실 같은 집을, 새로 지어 온갖 살림 사다 들여놓고 "신혼집, 신혼부부" 이름 붙여 주고 돌아갔다.

　"자식은 울타리다."

시누이 남편, 큰소리 내는 것이 어디에 있었는가 했더니 든든히 쳐놓은 울타리에서 솟구치는 힘에 있었음을 새삼 알았다.

시누이 남편은 언제나 큰소리를 칠 것이다.

아침

이른 아침
비는
시간을
재촉하는데
초록 우산을
빙빙 돌리며
걸어가는 학생
발걸음 앞에서
푸드득
새가 날아오른다

문득 떠오르는
딸아이 얼굴

왕대나무·1

십 년을 땅속에서
숨을 고루다 나오는
왕대나무 촉
파란 힘이 보인다
깜깜한 땅속에서
여름날 장마에
눈시울 붉혀도 보고
찬 서리 눈보라에
손발을 얼려도 보며
단단한 땅을
뚫고 나올 힘
침묵으로 배운
촉 하나
이제 눈을 떠
하늘을 바라본다

왕대나무 · 2

뜨거운 햇살 받고
눈비도 맞으면서
부러질 듯 꼿꼿하게 자란
왕대나무
곧은 살결 통째로
몸을 쪼개고 잘라
욕심 없이 내어준다
부엌엔 소쿠리, 채반, 용수
학자나 선비방 문방사우
들녘 고추밭 지주목
할아버지 품속 죽부인
여름밤 대청마루 대자리
죽어서도 죽지 않고
다시 태어나
영원히 숨을 쉬는
왕대나무
풍상 겪은
이름 하나
단단하게 살아 있다

산사山寺에서

고요가 길게 누운
산사에 몸을 앉혔다

풍경소리 정적을 깨고
만수향 향기는
살아온 날들처럼
코끝을 스치며 저만치 비켜 가는데

내가
터득한 길이
어디쯤인지 아직 모를
발원이 귀명례 삼보發願已 歸命禮 三寶
불佛
법法
승僧
두 손 모아 절을 하고
석간수 한 바가지에
목 추기며
오른 길 내려다보니

몸 씻은 산이
묵묵히
세월을 지키고 있었다

3 갈대밭에 서면

봄

두 서너평 남짓
좁은 뜨락

연두빛 기지개
간지러운 속삭임

두 딸의 얼굴
아스라한 인연의 실타래
그 끝의 기다림

감추어 놓은 사랑으로
더욱 빛이 나는 뜨락
손풍금 소리

굴절된 빛의 방향은

노랑나비 흰꽃
흰나비 노랑꽃

물결 따라
바람 따라
허덕이는 세상
때론 나목裸木처럼
말이 없다

불빛 찾아
언어를 섞고
가늠할 수 없는 시간 속으로
스쳐 지나는 밤처럼

주인 잃은 의식 속에서
방황하는 우리들의
힘없는 발걸음

혼돈의 늪

허우적거리며
빠져 나오지 못하는
오늘
굴절된 빛의 방향은
어딘가

상념

깊은 밤
정적을 깨는 빗소리에
창가에 선다

가로등은
불켜진 채 혼자이고
빗줄기는
바람에 날리는데

희미하게 떠오르는 얼굴

지금쯤
보초를 서고 있을 그 녀석
벌써
내 앞에 와 우뚝 선다

어디선가 들려오는
아득한 기적 소리

손길

일당 일만원을 받고
하천부지에서
돌 고르는 여인
피붙이가 머리를 누르고
돌덩이가 어깨를 누르고
원망할 겨를도 없이
바삐 움직이는
억센 손길
그 위에 무수히 떨어지는
햇살 무더기

눈

— 환생

하얀 영혼들이
숱하게 내려와
온 동네를 하나로 만듭니다

지붕에도
나뭇가지에도
골목길에도

시대를 핑계삼은
무수한 불평
못다핀 절망에도
새로운 힘으로
소생 할 수 있도록
하나로 만듭니다

세상의
아픔과 노여움
하나로 몸 섞어
사랑의 꽃

생명의 씨앗
터트리기 위해
오늘은 눈꽃이 됩니다

눈부신
겨울 하루

새벽 발자욱

새벽 어둠을
훑아가고 있는
시계 소리가
흰 머리칼 위에 떨어지면

당신은
구름이 되었다가
눈물이 되었다가
바람이 되었다가
불이 되었다가
버팀목이 되었다가
하늘이 되었다가
땅이 되었다가

드디어
일어서는
뚜렷한 발자욱

날이 밝는다

갈대밭에 서면

갈대 숲에서
들려오는 소리

일렁이는 강물이고

무너지는 갈잎은
흰 머리칼 접어 두었던
연민이네

한 서린 보릿고개
외짝 젖가슴에 매달려
칭얼대던 쌍둥이
새벽녘이면
정처럼 밀려나오던
한숨 소리

늦가을 갈대밭의
허기진 소리

산다는 것의 이름

나이가 들자
가슴 뛰는 횟수가
늘어만 간다
밤마다
포근히 잠에 빠진
딸아이에 얼굴을 보면
스무살 적 내 얼굴이
그 위에 포개지고
결혼 앞둔 처녀처럼
뛰는 가슴 소리는
하얀 방안을 구석구석
메운다
오늘밤도 어디선가
들려오는 어릴 적 기적 소리에
내가 나를 잃은 채
주름살같이 늘어만 가는 걱정
멀리서 인기척이 들린다
군인간 녀석의
군화 소리 같다

가을 비·1

가을 바람이
장대비를 몰고 왔다
서서히 내리던 빗방울
어느 사이
차창을 두들겨
시야를 가로막는데
내일 아침이면
울긋불긋 옷 갈아입은 나뭇잎의
거룩한 추락을 생각한다
질척이는 세상에
떨어지는 허허한 가을을 싣고
비속을 질주한다

가을 비 · 2

가을 비 내리면
내가 나를 잊은 채
창가에 나선다

산은 비에 젖어
하늘을 이고 섰고
마음은 한없이
바람에 눕는데

또 하나의
이별을 준비하는
텅 빈 계절은
저녁 비가 쏟아놓은
고요 속으로 걸어나와
마구 뒹군다

서러움을 치장해 주고 싶은
이 계절의
그림 한 장

창에 푸르게 그린다

콩깍지

텅 빈 마음이다

맑은 이슬로 몸 씻고
남몰래 핀
목화송이처럼
모든 것 깨끗하게 내어 주고
한마디 원망도 없이
드러낸 속살

소슬 바람에도
몸을 들어
귀 기울이는
충만된 여유

유난히 큰 헌신

나이

손에 국자를 쥐고도
자꾸 찾는 나이

소슬 바람
잔가지 흔들리고
친정 어머님의 긴 한숨 소리
천장에서 맴돌고

가까운 듯 머얼리
쑥국새 울음소리
그 끝을 따라
밤의 정적을 깨뜨리는
요란한 앰뷸런스 소리
어디선가 푸드득
새가 난다

묵은 감나무 밑에서

뱃구리가 패어지고
강풍에 가지가
찢기어도
해마다 감은 열리고

윤기가 흐르고
살오른 홍시
손에 꼬옥 쥐어 보면
한쪽뿐인
어머님의 젖가슴이
손끝에 자리를 잡는다

길기만 하고
따갑던 보릿고개
아랫목
놋그릇에 묻어 놓은
홍시를 꺼내 물려주면
빨다가 지친 듯 잠이 들었던
유년

나이가 들자
가슴 뛰는 횟수가
늘어만 가고

묵은 감나무 밑에서
자주 흐르는 눈물
나이 때문만은 아니리

감꽃

감꽃 향기
너울대는 오월이면
그리움이 봄날처럼 나풀댄다

탱자나무 울타리
살구나무 집 둘째 딸
지금은 쉰이 넘었지만
이슬 맞고 나들이하던
유년의 가난
봄이 오면 따라 온다

멀리 퍼지는 다듬이 소리
한 서려 잠이 들고
희미한 백열등은
노랑 저고리 남치마 손질하는
어머니 하얀 손등을
부챗살로 비춘다

정이 되어 떨어지지
감꽃 마음

낙엽

지나는 세월에
줄 것 다 내어주고
보여줄 것 다 보여주고
입동 뒷날
세찬 바람에 날려
혼절하는 삶의 마디
토담 밑에 나뒹굴다
끼리끼리 모여
무엇인가
숙덕이고 있다

4 호화로운 종말

콩나물

콩을 담금질 한다
튼실한 콩을 골라
하루쯤 물에 담가 불리고
남겨논 마른 좀콩을
질시루 밑에 깔고
불린 콩을 위에 얹어
음지쪽 귀퉁이에 앙군다
수시로 물을 주면
얼마 후 촉이 트고
싹이 자라
하얗게 속살을 드러낸다
그렇게 자란 콩나물
양념으로 옷을 입히면
상큼한 맛으로
다시 태어나는
그 콩나물을 보면서
나는 나를 끝없이 담근질해 본다

학교 앞에 가면

한낮 햇살이
하얗게
쏟아져 반짝이면
숙희의 쪽니 속에
비치는 웃음
안경 너머
유난히 빛나는 눈동자
햇살과 어우러져
함초로히 피는
꽃송이

독사풀

독사풀은
아버지의 고뇌였다

들꽃이 지천으로 핀
들길을 걷다 보면
고추가루를 끼얹어놓은 듯한
독사풀 꽃대궁이
하늘을 이고 있다

육이오 총성이 물러간 뒤
한가닥 끈으로 남은
문전옥답
독사풀 우거진 묵정밭이 되고
긴 여름 한낮을 태우는 햇살
가난한 아내의
팔뚝을 물고 놓아주지 않고

몇 번이고 뒤돌아 본 논둑에
질퍽한 눈물
허름한 광목 바지자락에

퍼져오는 물살처럼
가슴 적시는 해질녘

출렁이는 독사풀
그것은
아버지의 고뇌였다

사모곡思母曲

왜 그렇게 사느냐고 물었습니다. 왜 안 되느냐고 묻기도 했습니다. 왜 또 하느냐고 보채도 보았습니다. 갈라진 손이 아프지 않느냐며 만져도 보았습니다. 그 때마다 당신은 내 손을 다독이며 꼬옥 잡고 웃으셨습니다. 뜨거운 눈물도 보았습니다.

당신의 품섶에서 떠났습니다. 뱀이 지나간 듯한 그 길 내 가슴이 몇 번이나 저리고 메일 적마다 황산벌을 향해 선 채 당신의 무언無言의 대답을 내 가슴으로부터 듣습니다. 어느새 그 웃음 그 눈물은 내 가슴 깊은 곳에 보석으로 빛납니다.

형체가 보이지도 않는 질긴 끈이 행여 끊어질까 두려워 꼬옥 움켜쥡니다. 아무도 없는 황산벌을 바라보며 멍쿨멍쿨 터져 오는 가슴을 추스릅니다. 초로初老인데도 당신의 경륜이 더욱 그립습니다. 당신은 언제나 나의 단단한 정신입니다.

혈연

꼼지락 거린다
숨소리가 봄날처럼 곱다
고사리 손이
애비를 알아본다

봄 소식

빨간 옷은 사랑
파란 옷은 꿈
노란 옷은 봄

저마다 웃음의
날개짓

지금쯤
산사山寺 앞
백목련 나무는
푸른 물끼를
색칠하고 있겠지

향일암에서

원효대사의
장삼자락 앞에 선다

하루가 서서히
솟아나는 하늘을 보며
출렁이는 물결에
떠나가는 어선들
한 장의 그림이고

처음인 듯 듣는
청청한
관음전 독경소리
세속 번뇌 사라져
나는 내가 아닌데

떠오르는 해
타오르는 가슴에
동백 숲 동박새
봄을 먹는 소리만
가즈런히 들린다

호화로운 종말

입동 뒷날
은행잎이
보도 위에서 춤을 춘다

날리는 바람소리
뼈마디 저미는
눈물자락
속으로 감춘
호화스런 몸짓

오로지
한 해의 은행알을
만들기 위해
푸르렀던 숨결
두터웠던 잎새

이제
보도 위에서
마지막 춤을 춘다

겨울 미루나무

잎사귀 떨어뜨린
미루나무를 본다

황량한 바람 앞에
휘어지는 가지
스스로 달래며
보이지 않는 이름
속으로 속으로 확인하고
하나 같이
숨을 고른다

몸을 숙이면서
하늘을 향하는
곧은 심지
이 계절에 배운다

강경

서울에서는 논산 밑이 강경이고
목포에서는 강경 위가 논산이다

군산항을 거쳐
강경 부둣가로
고깃배가 들어 왔을 땐
서편 상인들은
논산보다 강경이 크다고
장사씨름 대회 나가듯
팔뚝심이 대단했는데

세월이 몇 번 바뀌자
강경은 읍이고
논산은 시가 되었다

그러나 아직도
서편에 가보면
비릿한 새우젓 드럼통을 껴안고
옛날 가슴으로 사는
사람들이

남팍* 속에 들어가는
새우젓 수보다 더 많이
북적거린다

* 새우젓을 계량하는 그릇

아카시아 꽃

산등성이에
아카시아 꽃이
흐드러지게 피었다

코끝을 스치는 향기 속에
문득
눈앞에 펼쳐지는
유년 한 자락

긴 보릿고개 넘으면서
주섬주섬 치마폭에
따온 꽃잎 무더기
한잎 두잎
벌써 입안에
가득하고

손바닥만한
산비탈 논 둑길 따라
모종 지고 가는 아버지 굽은 등
새참 이고 뒤따르던 어머니

허기진 배 헤진 베 적삼
꽃잎 위에 엉겨 붙어
한사코 떨어지지 않는다

아카시아 꽃은
언제나
하얀 눈물이다

모자
— 갓

숨을 쉰다

멀리서
기침소리 들린다
내 할아버지의 할아버지
도포자락 휘날리며
지켜온 발자취
긴 겨울
질곡을 지나온 숨결
나이테처럼
남은 혼

숨을 쉰다

맛

아침 밥상 위에
내 유년이 얹혀 있다

입 속에서
힘없이 허물거리는 시래기의
텁텁한 맛
입에 넣을수록
젖어드는
부뚜막 검정 무쇠솥
어머니의 살내음
아스라이 풍겨오는
고향집
향기 한 사발

입 속에 가득하다

겨울 강가에서

갈대숲 사이로
바람이 스칠 때마다
흩어지는 갈꽃이
물결을 이룬다

지나온 날
뒤돌아보면
붉은 노을 끝에
타는 가슴이
강물 위에 길게 너울진다.

굴렁쇠 돌아가듯
흘러가는 시간 속에
칡넝쿨처럼 얽힌
인연의 실타래와
지천명 무명시인의
초조한 발걸음

쓰러지는
겨울 오후

간월암에서

보름달 자정
무학대사의
도포자락을 만진다

굴 부르는 여인네들
구슬픈 안무도 잠이 들고
해송 사이로
쏟아지는 달빛
시린 유년의 긴 그림자

밤늦도록 흥청이던
갱갱이* 서편 사람들
강한 팔뚝이 되었다가

부채살로 퍼지는
어머니의 한 서린
다듬이 소리가 되었다가

내 책가방이 역겨워
샘내는 언니의

눈초리가 되었다가

수런거리는 바닷물도
내 마음 같아
밤새 별을 세는지

아련히 떠오르는
그리움 하나
좀처럼 떨어지지 않는다

* 충남 논산시 강경읍을 일컫는 사투리

성찰의 아름다움

송 백 헌
(문학평론가·충남대 교수)

1

인간은 누구나 한 번 쯤 자신에 대한 존재론적 사색에
젖어들기 마련이다. 나는 누구인가, 나는 어디에서 와서 어
떻게 존재하고 있는가. 나이를 들어가면서, 우리는 이러한
평범한 듯하면서도 심오한 성찰의 심연에 빠져들어 보는
것이다. 현실이 이러하거늘 삶을 열심히 살아온 사람에게
그러한 성찰은 더욱 깊고 그윽한 인생의 의미를 가져다 주
게된다. 주지하듯 삶의 진정한 의미란 그것을 성실하게 살
아낸 사람의 체험에서 자연스럽게 떠오르는 것이기 때문이
다. 이형자 시인의 시는 이러한 자기 성찰의 진정함을 담아
내면서, 인간의 소박한 삶이 얼마나 소중하고 아름다운 것
인가를 일깨워 준다.

이러한 자기와의 내면적 대화에 시는 적절한 형식과 감
성을 부여한다. 그는 외부와의 접촉에 의해 지각된 모든 대

95

상을 시의 형식에 포용시키고 있다. 거기에는 자신을 사물과의 관계 속에서 융합해 가는 조화와 순응의 마음이 자리한다. 삶에 대한 따뜻한 애정과 인간 관계에 대한 간절한 염원은 시를 부드럽고 순연하게 조율한다. 살아가면서 만나는 모든 것들이 시가 되어 아름답게 발아하는 지점에 시인의 삶은 머물러 있다. 삶이 시가 될 수 있다는 것은 축복된 인생이다. 시는 언제나 그러했듯 인간의 불행하고 불길한 감정들을 순화하고 정화한다. 결코 화려하지 않게 불타오르는 내면의 견고한 감정적 힘은 이렇게 시심에 의해 걸러진 것이기에 부드럽고 아주 깊게 오래 작용한다. 삶은 그러한 감정 작용의 뚜렷한 배경이자 그것이 배태된 원천이된다. 이형자 시인에게 시보다 먼저 삶이 있음을 발견하는 것은 이 시인의 시를 이해하는 시발점이 된다.

> 생활에 묻혀
> 거울 밖에 있던
> 얼굴, 얼굴들
> 언뜻 언뜻
> 주름진 초상 위에
> 겹쳐 나타난다는 것만으로도
> 내가 나를 확인하는
> 거울이어서 좋다
> ─「거울」에서

이형자 시인은 주어진 현실을 거부하거나 훼손할 의지를 가지고 있지 않다. 흔히 시인들이 대면하곤 하는 현실과의 불화, 현실과의 갈등, 현실에 대한 역겨움 등 현실을 온통 분열시키고자 하는 모반의 열망으로부터 이 시인은 격리되어 있다. 인간은 현실을 끌어안고 살아가야 할 절대적 대상이다. 문제는 그 현실 속에서 나른함이나 평담함을 벗어버리고 새롭게 자신을 갱신하는 것인데, 그러한 자기 확인의 과정이 그에게 있어서는 시를 쓰는 것이다. 시를 쓴다는 일은 그에게 평범한 일상을 의미있는 한 개인의 인생으로 의미롭게 받아들이는 것이며 또 한편으로는 다른 사람들에게 펼쳐 보이는 것이다.

삶의 시작은 꿈의 시작이 된다. 그것은 그에게 있어 시쓰기를 통해서만 가능하다. 시가 삶을 에워싸고 있는 한 그의 삶은 곧 꿈이 된다. 세계를 음미하고 인생을 몽상하는 자에게 시는 존재를 확인하는 영혼의 형식이 된다. 표현의 대상과 표현의 매재가 없었다면 어떻게 그런 사유가 있었겠는가. 시는 삶을 곰곰히 들여다 보고, 진정으로 의미있게 하고자 하는 마음의 응어리로 빚어진다. 그렇듯 그에게 있어 시는 현실을 긍정하면서 인생의 참다운 의미를 반추하는 대상이 된다.

2

'나'라는 존재를 찾는다는 것은 인간다우면서도 지난한 일이다. 인간에게 주어진 숙명, 거기에 자아 발견, 자기 성찰이란 무거운 짐이 있다. 인간 내면에 응고된 고독의 심연은 바로 이러한 자기 탐색의 격리됨을 말하는 것이 아닌가. 나를 온통 해체시켜 안정되고 편안한 자기의 삶을 거부하면서 비로소 자기를 인식한다는 것, 이는 뼈아픈 자기 발견의 과정이다. 그러나 이형자 시인의 자기 발견은, 이러한 통념에서 벗어나 있다. 이것은 자아는 물론 삶 자체를 거부하거나 방기하지 않는데서 볼 수 있다.

모든 시적 대상은 순수한 체험으로부터 촉발한 상상력에 의해 구축된다. 이형자 시인은 자신의 생활 경험을 통해서 시쓰기를 꿈꾸고 자신의 체험세계를 변용이나 가식없이 있는 그대로 보여준다. 그의 시에서 가장 두드러지게 나타나는 것은 자기 탐색이다.

> 가마솥에 삶겨
> 옷 벗어 내어준다
> 양잿물에 몸 절이고
> 짓이김을 당해
> 말갛게 딱지 털고
> 물 속에서 흔들리다가
> 쌍발 위에 가지런히 누웠다
> 뜨거운 철판 위에서
> 하얗게 몸 말린 너는
> 죽은 것이 아니라
> 살아있는
> 선조의 지조다
> ──「닥나무」전문

'닥나무'는 진정한 자아를 갈구하는 시인의 존재가 전이된 대상이다. 자신을 온전히 벗어버리고, 고통 속에 자신을 밀어 넣음으로써 진정한 자아를 구현해 내는 그 처절한 과정이 여기에는 깊숙이 내재되어 있다. 자아 구현을 위한 고통, 이는 인간이 현실에서 맞이해야 할 숙명이다. 그래서 그는 "나는 누구인가"(「이상기온」에서)하고 반복해서 묻는다. 그러한 존재의 실체에 대한 질문은 평범한 일상에서 그가 시를 쓰는 진곡한 이유에 해당한다. "나는 날마다/ 나를 털어 본다."(「산다는 것은」에서)는 것은 자신을 쇄신하고자 하는 절실한 내면의 욕구인 것이다. 결국 자기 성찰이란 성실한 삶의 자세에서 비롯되기 때문에 그 반성적 질문들은 가치 있는 절박한 목소리인 것이다.

자기를 탐색하는 일상의 여행은 시쓰기로 하여 팽팽한 감도를 유지한다. 은밀하면서도 친숙한 이 즐거운 작업은 시인을 깨어있게 한다. 자신의 의식으로부터, 자신의 대상으로부터 밀착되어 살아간다는 것, 이는 시인의 세계에 대한 절절한 애착에서 비롯된다. 그것은 곧 삶의 기운을 발하여 인간의 가치를 향기롭게 한다. 이형자의 이러한 시적 태도는 일상을 새롭게 하려는 의식이며 그것이 시적 창조의 힘으로 발산된다.

행복의 시학이라 부를 이형자의 이러한 시쓰기 방법은 일상에서 벗어나 윤택한 활력으로 작용한다. 인생의 무위로부터 해방된다는 것, 고독이라는 마음의 병으로부터 자신을 건져올릴 수 있다는 것, 세상을 욕구하는 데서 오는 성가신 고통으로부터 탈주할 수 있다는 것, 이는 이형자의 시와 시학이 우리에게 일깨워 주는 화두이다. 시의 창조라는 정신적 작업의 고단함 이전에 그에게는 현실을 지혜롭게 열어 가는 실존의 방식이 있다.

오늘은
실타래를 찾아
나이를 꿰고 있다

초가을 늦 저녁
쪽진 어머니

손 끝에서 감긴
수많은 사연의
실타래가
아련히 풀리는
어제 같은 그날
양지 바른 마루에 앉아
오색구슬 꿰던
손길

오늘은 내가
그 실타래로
폐백대추를
하나 하나 꿰고 있다

— 「실타래 · 2」 전문

　이형자에게 현실은 과거와 연계된 개인의 역사를 간직한
다. 그것은 기억에 의존하여 상상력으로 재 구현될 때 그
나름의 독특한 분위기를 조성한다. 기억은 과거의 사건들
은 재경험하는 것이며, 현재의 '나'의 실체를 명징하게 통
찰할 적절한 계기를 부여한다. 여기서 경험이란 실제 일어
났던 사건과 일치하는 것은 아니다. 그것은 현재와의 관련
속에서 선택되고, 시적 상상력에 의해서 변용된다. 결국 그
것은 현재 나의 의식 속에서 재탄생하는 것이다. 시적 감성
은 그 기억을 아름답게 재구성하여 받아들인다. 체험 세계
는 이 기억에 의존하여 한 독특한 의미를 발현할 시적 형
상을 구축한다. 그것은 상실된 세계에서 자신을 찾아가는
화해로운 모습으로, 진정한 자아의 동일성을 이루려는 인
간적인 모습으로 다가온다.
　「실타래」는 그러한 체험의 시화(詩化)를 보여준다. 한 개
인의 역정을 이 짤막한 시 한 편이 담아낼 수 있다는 것이

놀랍다. 결코 벗어날 수 없는 운명적 존재 연쇄가 이 시의 처음과 끝을 관통하고 있다. 그는 '실타래'로 '폐백대추'를 꿰고있는 현실체험을 통해 자신의 과거를 떠올리며 자기운명, 나아가 인간의 숙명을 탐색하고 확인하면서 삶에 순응하려는 진지한 태도를 보이고 있다. 이러한 자기체험에서 '나'를 확인하는 또 하나의 작업으로 "거울 속에 비친 / 내 모습이 / 언니였다가 / 동생이었다가"하는 불확성에서 "주름진 초상 위에 / 겹쳐 나타난다는 것만으로도"(「거울」에서) '나'에 대한 실체를 확인하는 끈질긴 의식행위가 있다. 결국 집요한 자기 탐색은 긍정적 삶을 영위하고 세계를 아름답게 인식하려는 의식세계라는 점에서 귀중하기만 하다.

3

자신은 홀로 존재하는 것이 아니라 관계에 의해 이루어진다. 이형자에 있어 그 관계를 애절하게 형성하고 있는 대상은 어머니이기도 하며 남편과 아들과 딸, 손자까지 포함한다. '나'는 홀로 존재하는 것이 아니라 이들과의 존재 연쇄로 구성되어 있다는 것, 그것을 터득한 순간 적절히 밀려오는 그들에 대한 감정의 응어리가 시적 서정의 심층을 형성하고 있다.

형체가 보이지도 않는 질긴 끈이 행여 끊어질까 두려워 꼬옥 움켜쥡니다. 아무도 없는 황산벌을 바라보며 멍쿨멍쿨 터져오는 가슴을 추스릅니다. 初老인데도 당신의 경륜이 더욱 그립습니다. 당신은 언제나 나의 단단한 정신입니다.

　　　　　　　　　　　　　　　　— 「사모곡」에서

생명은 한 순간의 물질적 현상이 아니라 역사적 연쇄에 의해 숭고하게 존재하는 것이라는 자각이 「사모곡」에는 담겨 있다. 현재 내가 살아 있다는 것이 인간과 인간의 관계에 의한 것이고, 그러한 관계에서 한 개인의 역정을 고스란히 간직하고 있다는 시인의 성찰이 우리의 존재 의미를 일깨운다. 어머니에게서 '나'로 이어지는, 그리고 딸에게로 승계되는 이 순환의식은 한국 사람들이 지니는 감정의 가장 원초적인 형태에 해당한다. 아마도 그러한 감정의 원형질이 어쩔 수 없이 그가 시를 쓰도록 했으리라 본다.

> 그 사람
> 첫 새벽에
> 해맞이 행사 나간 후
> 얼마 지나지 않아
> 여섯시를 알리는
> 자명종 소리
> 유난히 맑게 들리고
> 동녘을 환하게 밝혀오는
> 저 보드라운 빛
> 꿈틀거리는 소리로
> 태어나고 있었다
> — 「새벽」 전문

위 시를 조용히 살펴보면 '나'라는 존재의 의미는 '나' 혼자만의 존재가 아니라, '그 사람'이 존재함으로써 '나'의 존재가 있음을 알 수 있다. 시 전체로 보아 '그 사람'은 '나'와 '아들'과 '딸'을 존재케 한 남편임을 짐작할 수 있는데 '그 사람'은 시적 화자의 내면 세계를 '보드라운 빛'으로 지배하고 있는 소중한 대상이다. 특히 '해맞이'에서 감지할 수 있는 기쁨이 '빛'의 "꿈틀거리는 소리"로 대체됨으로써 그 형성관계는 '나'의 존재의미를 깊이 깨닫게 해주고 있다.

> 가로등은
> 불켜진 채 혼자이고
> 빗줄기는
> 바람에 날리는데
>
> 희미하게 떠오르는 얼굴
>
> 지금쯤
> 보초를 서고 있을 그 녀석
> 벌써
> 내 앞에 와 우뚝 선다
>
> ──「상념」에서

'나'의 존재는 위 시에서처럼 "지금은 / 보초를 서고 있을 녀석"에서도 확인할 수 있다. "보초를 서고 있을 녀석"이 없다면 '나'의 존재란 무엇이고 존재가치란 무엇이란 말인가. 정적을 깨는 빗소리에 잠을 깨고 창가에 서자 '나'를 존재케 한 '녀석'이 불쑥 "내 앞에 우뚝 선다"는 것은 '녀석'의 개인적 삶보다도 '나'의 존재위치를 스스로 탐색하고자 하는 의식행위인 것이 아니고 무엇이겠는가.

이형자 시인의 관계형성은 간절하고 아름답다. 그들과의 존재론적 친연성을 느낀다는 것은 더할 나위 없는 기쁨이며, 삶에 대한 강렬한 충동을 수반하는 일이다. 그는 자신의 실존이 얼마나 다행스럽고 소중한 것인가를 실감한다. "두 딸의 얼굴 / 아스라한 인연의 실타래 / 그 끝의 기다

림"(「봄」에서)을 체현하는 시인의 내면은 삶이 벅차게 이어
갈 귀한 선물임을 간절하게 받아들인다. 그것은 상호관계
에 의해 존재함을 느끼는 순간의 감정이다. 그리하여 그의
시는 "딸아이의 치마폭에 숨어 / 설레이는 / 진홍의 노래"(「
넝쿨장미」에서)가 되기도 하는 것이다.

> 꼼지락 거린다
> 숨소리가 봄날처럼 곱다
> 고사리 손이
> 애비를 알아본다
>   ― 「혈연」 전문

  그의 시편들은 이렇듯 '나'와의 관계에서 발원한다. 위
시에서처럼 고결하게 다듬어진 삶의 깊숙한 곳, 즉 손자에
대한 혈연의식이다. 인간의 존재 자각을 가장 진저리치게
할 이 혈통에 대한 뼈저린 느낌은 다른 사람을 감동시킬
정서적 힘으로 작용하고도 남는다. 누구든 그러한 삶을 체
득하여 깊숙이 간직하고 있는 의식을 그는 애절하게 하나
하나 일깨운다. 그래서 그의 시를 읽으면 자신의 근원에 대
한 깊은 상념에 젖어들고 사람들의 내면을 울리는 심연한
정신적 자각들로 채워지게 된다. 그것은 인간에게 고유하
게 내재된, 너무도 원초적인 감정들이기 때문에 그냥 스쳐
버릴 수도 있으나 그것의 진정성을 깨우치는 순간 우리는
한 없는 존재의 성찰에 대한 유열감에 빠져들게 된다.
  인간적 정서와 체취가 아련히 풍겨오는 혈연에 대한 시
적 인식은 이형자 시인의 시세계를 형성하는 가장 중요한
골간이 된다. 존재한다는 것은 이렇듯 주체인 '나'를 찾는
것이 아닌 '나'를 규정하는 관계를 터득하는 것이다. "세상

의 / 아픔과 노여움 / 하나로 몸 섞어 / 사랑의 꽃 / 생명의 씨앗 / 터트리기 위해"(「눈」에서) 우리는 이 세상을 살아간다. 그러니 생명 존재인 '나'는 얼마나 숭고하고 경이로운 것인가를 그는 시적 사색과 감정을 통해 체득해 나간다. 세계에, 이 지상에 존재하는 모든 것은 생명의 대물림을 위해 가장 원초적으로 머물러 있다. 이 자연 현상을 무시하고 그누가 살 수 있다는 말인가 하고 그는 느낀다. 그러고 보면 시는 삶에 따르는 감정과 인식의 부산물인 것이다.

그가 대상의 심층부에 자신을 올려놓고 '나'의 진정한 모습이 무엇인가라는 진지한 성찰과 끝내 벗어버릴 수 없는 존재자각을 시적 상상력에 의해 부드럽고 안정적인 몽상으로 옮겨놓고 있다는 것은 결국 현실에 대한 애정에서 비롯되는데 그 애정의 가장 절실하고 진곡한 심부에는 가족이 있다. 구체적으로는 가족과 혈연간에 교응이 있다. 이 혈연의 연쇄는 엄청난 정신적 교감을 가져오는 것이어서 그 감정의 힘은 이형자의 시를 이루는 정서적 원천이 된다.

4

시를 통해서 자신의 내면을 성찰할 수 있다는 것만큼 고상한 일은 없다. 자신이 대면한 사물을 통해서 세계와 그것과 관계하여 살아가는 자아를 성찰할 수 있다는 것은 대견한 일이다. 이형자 시인은 이러한 자기 검열을 끊임없이 수행하면서 존재의 본질에 끈질기게 다가서고자 한다. 이는 시가 인간에게 지속되어온 가장 중요한 이유중의 하나일 것이다. 세계와 인간의 경이를 깨닫고 그것의 진실에 다가

서려는 노력은 지극히 숭고한 정신적 작업이다.

잎사귀 떨어뜨린
미루나무를 본다

황량한 바람 앞에
휘어지는 가지
스스로 달래며
보이지 않는 이름
속으로 속으로 확인하고
하나 같이
숨을 고른다

몸을 숙이면서
하늘을 향하는
곧은 심지
이 계절에 배운다

— 「겨울 미루나무」 전문

자아와 동일시되는 '미루나무'는 이형자가 세계와 사물을 바라보는 가장 기본적인 입장을 대변한다. 이러한 대상을 통해 끊임없이 깨닫는다는 것은 감동적인 세계 성찰에 해당한다. 여기에서 그의 진지한 삶의 자세를 볼 수 있다. 자신을 둘러싼 세계가 모두 자신의 인간적 모습을 완성시킬 자각의 대상이 된다. 이 세계와 자아의 합일을 통해 그는 자신의 참모습을 자각하고 미래의 모습을 가다듬는다.

수시로 물을 주면
얼마 후 촉이 트고
싹이 자라

하얗게 속살을 드러낸다
그렇게 자란 콩나물
양념으로 옷을 입히면
상큼한 맛으로
다시 태어나는
그 콩나물을 보면서
나는 나를 끝없이 담근질해 본다
— 「콩나물」에서

위 시에서도 '콩나물'과 동일시하려는 자아의식을 볼 수 있다. 하루에도 수없이 물을 주고 불로 데우고 양념을 하면 "상큼한 맛으로" 다시 태어나는 콩나물을 통하여 '나'를 담근질 한다. 이와 같이 세계와 동질화하려고 하는 것은 '나'의 참모습, 나아가 인간의 가치를 잃지 않으려는 그의 건강한 몸부림인 것이다.

이 시집을 통하여 이형자 시인이 일상을 일상적이지 않게 삶을 살고자 하는 염원의 시세계를 가지고 있다는 것을 확인할 수 있었다. 그것은 결국 삶의 가치를 잃지 않으려는 숭고한 의식이라는 점에서 높이 평가되는 것이다.

푸른시선 2
● 숨쉬는 닥나무

초판인쇄 │ 2001년 2월 1일
초판발행 │ 2001년 2월 10일

지 은 이 │ 이형자
펴 낸 이 │ 한봉숙
편 집 인 │ 김현정
펴 낸 곳 │ 푸른사상사

출판등록 │ 제2-2876호
주   소 │ 100-192 서울시 중구 을지로2가 148-37 삼오빌딩 3층
전   화 │ 02) 2268-8706-8707
팩시밀리 │ 02) 2268-8708
이 메 일 │ prun21c@yahoo.co.kr / prun21c@hanmail.net

*저자와의 합의에 의해 인지를 생략함.
*가격은 표지 뒷면에 있습니다.